손자랑 할머니랑

# 손자랑 할머니랑

| | |
|---|---|
| 발행일 | 2015년 9월 15일 |

| | | | |
|---|---|---|---|
| 지은이 | 유영·조경문 | | |
| 펴낸이 | 손 형 국 | | |
| 펴낸곳 | (주)북랩 | | |
| 편집인 | 선일영 | 편집 | 서대종, 이소현, 권유선 |
| 디자인 | 이현수, 윤미리내, 임혜수, 김은해 | 제작 | 박기성, 황동현, 구성우, 이탄석 |
| 마케팅 | 김회란, 박진관, 이희정, 김아름 | | |
| 출판등록 | 2004. 12. 1(제2012-000051호) | | |
| 주소 | 서울시 금천구 가산디지털 1로 168, 우림라이온스밸리 B동 B113, 114호 | | |
| 홈페이지 | www.book.co.kr | | |
| 전화번호 | (02)2026-5777 | 팩스 | (02)2026-5747 |

| | | |
|---|---|---|
| ISBN | 979-11-5585-735-9 03810(종이책) | 979-11-5585-736-6 05810(전자책) |

이 도서의 국립중앙도서관 출판예정도서목록(CIP)은 서지정보유통지원시스템 홈페이지(http://seoji.nl.go.kr)와 국가자료공동목록시스템(http://www.nl.go.kr/kolisnet)에서 이용하실 수 있습니다.
( CIP제어번호 : CIP2015024978 )

# 손자랑 할머니랑

유영·조경문 지음

## 가슴으로 흐르는 강

세월의 강을 건너 만난 할머니와 손자,
시를 통해 함께 만들어낸 두 사람의 세상을 엿보다

북랩 book Lab

함께 시작하며

굴렁쇠 굴러가듯 빠른 세월은 일흔 번의 해 갈이를 했다.
그리고 나에게 손자와 함께
꿈꾸어왔던 시집을 낼 수가 있는 뜻밖의 행운이 찾아왔다.
자식들이 내 칠순생일 축하로
너무나도 값진 선물을 안겨 주었기 때문이다.
그런 자식들이 그저 고마울 뿐이다.
종호, 상은, 종영, 선아, 이범 사랑한다.
그리고 우리 손자들
경문이, 경이, 강이 많이 사랑해.

유 영

부족한 감성과 경험으로 써내려간 나의 글들은
이데올로기의 방향성이나 현대사회의 부조리를 집어주지 못한다.
누구나 한번쯤 겪는, 청소년기에 보았던 세상과
그곳에서 느꼈던 경험들을 적어낸 것이 전부이다.
이 부끄러운 습작들을 읽어주실 독자들께 감사드리고
할머님의 칠순을 다시 한번 축하드린다.

조 경 문

차례

함께 시작하며_ 4

## 중학교 3학년,
## 손자의 이야기

## 손자와 가족,
## 할머니의 이야기

## 고등학교 1학년,
## 손자의 이야기

# 삶과 노년의 시간,
# 할머니의 이야기

중학교 3학년, 손자의 이야기

# 그대는 마치 새하얀 눈 같소

어렴풋 속삭인
겨울바람에
다소곳 손을 편
교사 안의
그대는
마치 새하얀 눈 같소

노을빛 스러져
여린 이슬이 묻은
곱디고운
머리자락의
그대는
마치 새하얀 눈 같소

손자랑 할머니랑

차디찬 눈보라에

눈을 감은 날

즈려밟아

아름다히 쌓이는

그대는

마치 새하얀 눈 같소

# 기사

내 한 몸 불태우리라

역경의 고난 모두 헤쳐 나가

쓸쓸히 외길을 걷고 있는

푸르른 당신을 지켜 주리라

검은 악몽에 잡아먹혀

나를 볼 수 없게 될지라도

모두가 등을 돌린다 하여도

끝까지 당신의 곁을 지킬지어다

그러니 나의 빛

나의 전부이자 분신이여

날개같이 여리디 연한 몸

성치 마시고 백년 천년 오래오래

부디 건강히 살아 주시옵소서

# 목욕을 끝내고

신정新正 그젯적
발목을 족쇄우는 고애古愛

의지되는 기둥 하나 없어
고즈넉이 앞으로 푹 고꾸라져오

# 틈

나의 작은 방
지난 겨울 얼룩을 묻혔다
듬성히 유영하는 구름들에
넌지시, 대답은 공허의 표본
15쌍의 마른 손 행주 가져와
용접공처럼 북북 바닥을 닦으나

어느 날
바닥 수렁 깊이 생긴 틈
홀로 서 있는 내 방으로
너는 기어코 비집고 들어와
언젠가처럼 얼룩을 묻힌다

# 첫눈이라는 이름의

저 하얀 것들이
한 송이 한 송이
쌓일 때마다
내 마음은
덧없이 가라앉는다
과거의 연민들이
지울 수 없는
낙서가 되어
내 세상을 하얗게
칠해 버린다

## 차원의 도서관

여덟 시를 막 넘긴 시간
차원의 도서관은
언제나 분주해
이어폰을 두 귀에 꽂고
사각 사각 사각 연필소리

아홉 시를 막 넘긴 시간
차원의 도서관은
모두가 열심히
정수기에 입술을 맞대고
꼴깍 꼴깍 꼴깍 시원한 물

열 시를 막 넘긴 시간
차원의 도서관을
떠나는 발걸음
알록달록 가방을 챙기네
또각 또각 또각 발걸음들

손자랑 할머니랑

열한 시가 다 됐을 즈음
공허히 울리는
사서의 헛기침
그래도 차원의 도서관은
닫히지 않아

저마다 울리는
성스런 하모니
이 각박한
세상의 중심에서
우리는
같은 차원 속에
살고 있어

차원의 도서관
모두의 삶

# 무제

냉기 서린 개울의 윗자락으로
채 얼지 못한 눈물들이 흘러간다
새벽인지 황혼인지 모를
알 수 없는 고요가 깔린 마을엔
모두가 잠에 들러 간 걸까
신성한 절정 고요 속 울린
얼척없이 신음하는 참새소리
모래알갱이들로 뒤덮인
하얀 사막을 걸었을 때
그곳에서
반가운 벗을 만났다
철저한 냉혈한인 그
신중한 유머에 아랑곳 않고
서로의 방향으로 안녕
쥐 죽은 듯한
세상의 침묵
길지 않은 시간이 지났을 때
나를 둘러싼 불빛들이

켜지는 걸 깨닫고

그제서야 밤이

찾아오는 걸 안다

소복 소복

눈 밟히는 작은 소리

한 장의 영원함에서

어딘가

갓난아기는

따스한 바람이 좋아

반드시

봄이 옴을 알리리라

# 귀로

차츰 시원한 바람이 다가와
물줄기가 흐르는 도로에
벌겋게 충혈된 백 라이트를
뒤로하고 나 홀연히 걷네

저기 저 버스에는 어떤 이야기가 숨어있을까
고개를 들었을땐 이미 사라진 잔상,
종말이 다가온 걸 아는 귀뚜라미의 아우성이 흐려지네

때 없이 맑은 하늘,
엉성히 덧칠해진 현실의 부끄럼
좁은 2차선을 뒤로
밝은 마트의 전광이 바람과 요동친다

손자랑 할머니랑

고개를 넘어

시간을 넘어

세계를 넘어

질려버린 이상향에 도착하니

밝게 타오르는 죽은 가로등 말이 없네


낙엽을 등에 업고 길고 긴

귀로의 마침표의 허무는

끝과 시작

시작과 끝


차가운 미풍이 부는 길 끝의 숲,

끊을 수 없는 연결고리를 견고히 묶어

나 스스로 미아를 자처하여

천여 번의 귀로를 걸어

이 작은 소품을 남기네

# 백야白夜

좌석에 누운 자정
창틀 바깥 풍경은
늦은 어둠으로 쌓여
시린 심야의 한기가
몸속 사이사이로 파고든다

이 깊고도 깊은 설야
나는 지독한 냄새를 뿜으며
홀로 그루터기에 앉는다
앉아서 눈을 감는다

조용히 눈을 감자
여러 소리가 들려왔다

고요한 정적 속 아련한
슬피 짖는 강아지의 옹알이

고독에 울려 퍼진
낯선 여인의 독백

자비 없는 폭설을 맞으며
자신의 집으로 향하는
누군가의 발걸음

온 세상이 얼어붙은
어느 쓸쓸한 밤에
모두 말없이 눈 속에 파묻혀간다

이 깊고도 깊은 설야
잔뜩 내리던 눈은 그쳤고
백야의 흔적 속으로 사라져간다, 나는

이상

1

그것은 낡은 습관이었다
손때 묻은 도화지에 소년은 문제를 담는다
창가에 빛바랜 하늘은 아련하다
모든 것이 숨을 쉬지 않는다

2

무너진 교사 뒤편에서는 필름을 끼지 않은 영사기가 돌아
간다
미인도의 단편이 공허히 그려지는 한낮의 객기인가
당신의 손을 놓기 싫소
소녀를 놓지 못한 작년의 자화상은 검게 물들리라

손자랑 할머니랑

3


이상과 현실의 쾌락은 희극과 비극이다
그리고 오늘, 나는 갈림길에서 미아가 됐다




4


바람이 떠나간 곳엔
영사기가 돌아가고 있었다

# 옛날 이야기

바이올린 선율, 과거로 적셔지는
무대 위에서 여인의 독백
어느 단편의 이야기가 다가온다

눈물로 쓰여진 누군가의 수필
그것은 '새하얀'으로 시작된
처음부터 정해진 비극이여라

시간에 갇힌 표정 없는 미소
마음속 피어난 건 사랑과 아쉬움
그런 나를 두고 넌 멀리 떠나려 한다
처음부터 정해진 이별이여라

너가 남긴 노트

너가 남긴 소설

너가 남긴 추억

너가 남긴 상처

너가 남긴 나


시작과 다가온 이야기의 결말

그 짧은 시간 속에서

그렇게 너는 내 세계를 열었다

처음부터 정해진 사랑이여라

# 어느 여름날

아늑했던 봄의 전선이 한 발짝 물러나고
맨드라미, 아마릴리스, 채송화 같은 꽃들이
뒷동산 언저리에 하나하나 피기 시작했습니다

여름이 찾아오면 유별나게 나빠지던
건강을 퍽 걱정하시겠지만
지치도록 매서운 태양의 질투가
채 녹지 못한 늦겨울의 자취를 덮었어도
우리가 돌린 연민의 굴레
그 끈끈함처럼 저는 아직 살아 있습니다

언젠가 보았던 여리디 연한 민들레는
벚꽃 무리와 넌지시 손을 잡고
지평선 너머로 제 짝을 찾아갔으니,
이제 남은 것은 몇 안 되는 소중한 벗들이오,
지나가버린 과거의 잔상들입니다

손자랑 할머니랑

아…! S! 나의 영원한 S여!
당신은 지금 어디 있습니까?

우리가 같은 세계에서 기뻐하고 슬퍼하고
영락없이 인생을 살아가지만
당신의 시간은 경계의 저편,
머나먼 찰나에서 흘러갑니다

다시 한 번 동결의 시간 속에서
우리가 만난 날을 기약하며
어느 여름날,
닿지 않는 편지가 무사히 도착하길
창가에 기대어 기도합니다

중학교 3학년, 손자의 이야기

# 망각

그들은 알고 있다
내 한때 이 몸 불사릴
열정적인 사랑을 했다는 것을

일방의 화살촉 끝을 어루만져
그 시절 하늘 아래
갈 곳 잃은 맹인처럼 스스로 눈을 가려
도달하지 못할 이상의 저편에
피어난 목련을 감싸려 쏘다녔구나
이제 그 누구의 부축도 받지 않고
홀로 마천루 끝에 우뚝 서서
망각을 싣고 온 바람을 맞는다

미친 듯 사랑한 과거의 기억이여
기억의 조각들이 눈물이라는 별들이 되어
우아하게 흩날리며 사라지리라

# 새장 밖으로

남은 오분 여의 시간에서
더 이상 퇴고는 없다
때 안 묻으려 한 글자,
소중히 써내려 가는 속박된 유흥

우수右手를 의지한 채 써내리는
나의 행색은 부끄럽기 그지없다

들판 너머 영광의 땅
그곳에서 끝을 알리는 종이
온 세상 가득히 울린다면
지금 내 천명을 잊고
저 벽을 넘어 달리리

중학교 3학년, 손자의 이야기

## 나태의 서

저녁을 팔아 절망의 목줄을 매는 사내를
나는 언젠가 본 적이 있다

나체화裸體畵의 그림은 작은 거름이 돼
인간의 자격을 실격시켜
나는 더 이상 사상의 본질을 가르칠 자신이 없다

허황된 숙원을 하늘 위에 걸어놓지 못한 인간은
시름시름 앓다 새벽녘의 이슬이 되어
영혼의 시계추를 새롭게 그린다

# 겨울바람

보고 싶습니다

첫눈이 다시 내렸던 날까지

길 잃은 미아를 자처하였지만

당신은 한겨울 바람처럼 매정합니다

시간의 눈사태는 견딜 수 있어도

추억의 일기장을 찢을 수 있어도

작년, 눈이 쏟아지던 날

당신이 내게 준 외로움은 너무나 차디찹니다

아…! 어김없이 낙화하는 눈꽃

그때마다 신음하는 내음

중학교 3학년, 손자의 이야기

# 밤하늘

별이 설설 내리던
오밤중 초가삼간
셀 수 없는 이름 모를 별들과,
반짝이는 이름 모를 삶들

밤하늘을 수놓은 별들 아래
겨울바람은 차디차기만 하다

낯선 유성우의 갑작스런 찰나같이
나의 밤은 너무도 짧고 짧아
옛 된 망원경 주위로
소중한 인연들이 삼삼오오 모여
다 같이 저 하늘의 별들을 세어 본다

천계를 세어 보는 일은 불가한 연유지만
잠시간 발붙일 이상의 터전이 되어
여전히 별들은 쏟아지고
나는 밤하늘을 바라보고 있다

손자랑 할머니랑

별들을 등에 기대

동쪽 하늘부터 쭉 어루어

서향의 지평선에 닿을 때까지

새벽이 밝아오는 것을 잊고 별들을 세어 본다


다만 잊음은 나를 고통 속에서 구원하는 것이 아니다

자유로운 날개를 달아 저 하늘에 가까워지는 것이다


밤하늘을 수놓은 별들 아래

겨울바람은 지나간다,

그렇게 지나간다


중학교 3학년, 손자의 이야기

## 새로운 서사

사계가 새로이 단장한 지난 1년
나를 말미암아 만물이 환생했네
자욱하게 안개 깔린 늪
악어 형상을 띈 방해꾼의 초상
비참한 날파리들의 앙상블이 다가온다

이 무한한 수라
빠져나갈 나생문은 어디에

# 그들만의 밤

숲자락에서 퍼지던 빛들은 이날 목숨을 잃었다
가랑비가 내리는 차디찬 밤이다


유희를 펼치던 체스 말들은 어둠을 이해한다
그들이 더 이상 앞을 볼 수 없는 것을 느껴버렸으니
나는 가슴을 옹졸히 쥐어짠다


어둠보다 어두운 곳, 그곳으로 낯선 태풍이 방문한다


죽은 책장에서 꺼낸 섬나라의 유토피아가 눈물을 타고 와전된다
창가로 비춰진 풍경은 찢어진 비로 내려 갈라진다
어둠에서 모두의 이상향이 이뤄지는 것을 늑대들은 보지 못하였다


나는 나를 지운다


이따금, 고개를 들어 주변을 살펴본다
그들만의 밤이다


중학교 3학년, 손자의 이야기

# 마지막 지평선

거짓 치장된 환상으로 굽이치는 험난한 언덕
좁쌀만 한 소년이 좁쌀만 한 공을 튀기며 물었다


이 길을 지나가면 또 다시 언덕을 올라야 할까요
그러자 바위에 앉아 있던 늙은 노인이 대답했다


나는 언덕을 내려오는 신세요
이 앞으로의 역경은 지나온 가도와는 천차만별이외다


노신사께서는 좋겠소 언덕을 오르지 않아도 되니
소년이 탄식하자 노인이 빙긋 웃으며 말하길


혹자는 부, 명예, 권력 따위가 부질없는 꿈이라 하였지만
그 부질없는 꿈조차 없이 언덕을 올라간다면 잘못된 거요
정상을 보고 과거를 안주하며 내려오는 어떤 이보다
언덕을 두려워한 채 발만 동동 구른다면 시간이 지난 먼 훗날,
내려오는 발걸음의 도장은 후회와 비탄으로 가득하리라


손자랑 할머니랑

40

소년이 다시 언덕을 오르고 있었을 때

노인의 모습은 보이지 않았고

그가 계속 언덕을 내려갔는지는 모르는 까닭이었다

# 자정

하루가 지나간다
텅 빈 나를 제쳐두고
자꾸만 떠나려 한다

흘러가는 시간은
팔 뻗어 잡으려도
옛 된 연기가 된 듯
잡으려 뻗을수록
점점 더 잊혀져간다

돌아온 계절에 다시 웃지만
떠나간 사람들과
떠나간 발자국에
어느 자정
마음은 공허하기만 하다

내가 뒤로 가고 있는 건지

그들이 앞으로 가고 있는 건지

그저 모른 채로 세월은 지나가기에

오늘도 멀어지는 시간을

그리우며 살 수밖에 없나 보다

손자와 가족, 할머니의 이야기

# 추억 속의 손자

그립다 보고 싶다 네가
눈을 떠도 눈을 감아도 네가

하루 종일을 생각한다 너를
지나간 세월의 흔적들을

아파서도 미안해요, 했던
어린아이 네 모습이

만개한 벚꽃이 품어내는
화사함 속에 웃음짓던
천진한 네 모습이

진흙으로 범벅 된 소나무 숲을
오르며 솔향 냄새 맡던
순수하고 착한 네 모습이

눈보라 휘날리던 골목길에서
무서워 몸을 떨던
여린 네 모습이

지금은 한낱 그리움으로
추억으로 남는구나

아
그립다 가고 싶다 그때가

## 내 손자

성탄절 예배를 드리기 위해
작은 교회 한곳에
손자와 나란히 함께했네

내 곁에 다소곳이 앉아
기도하는 손자의 모습이
어쩜 그리도 예쁜지
눈시울이 뜨거워지네

늦게 도착한 손자의 서운함보다
함께 예배를 드리는
그 착함이 더 고마울 뿐이네

손자랑 할머니랑

성경구절도 척척 잘 찾아

내게 보여주는 손자의 배려가

너무 대견스러워

내 입가엔 미소가 떠나질 않네


이 성탄절날

난

더없이 행복한 할머니라네

# 내 손주들

내겐
세 명의 손주가 있다

친손자
복둥이-경문이

외손녀
형통이-경이

외손자
대통이-강이

이렇게
셋이 있다

눈에 넣어도 안 아플
내 손주들이다

복 많이 받고
복 많은 사람으로 자라기를
바라며
복둥이로

모든 일에 형통하길
바라며 만사형통
형통이로

강하고 통큰
남자다운 남자로 커가길
바라며 운수대통
대통이로

배 안에 있을 적부터
내가 불렀던 이름이다

자라면서
우리 손자 경문이는
인사성이 밝고
상상력이 풍부하고
심성이 곧다

외손녀 경이는
예쁜데다 손끝이 여문
팔방미인이다

외손자 강이는
피부가 곱고 활달하고
힘이 좋고 낙천적이다

이런 손주들이
난
좋다
참으로

# 동심 속을 걷다

망각의 시간 속을 거닐다
뜻밖의 선물을 받았다

잊혀졌던 동심의 세계를
어린 외손녀, 외손자와 놀다
너무나 넓고 깊은
황홀한 즐거움을 만끽한다

배꼽이 빠져나간 듯한
허리가 끊어져 나갈 것만 같은
폭소가 폭포수같이 쏟아지고

감히 표현도 할 수 없는
살인적인 행복이
방 안 가득히 소리 내어
울려 퍼지고

우린 그렇게
수많은 엔돌핀을 생성하며
뜻도 모를 별명을 불러대며

서로가 서로에게
자석처럼 끌어안고 당기며
뒹굴다 기진맥진 엎어져
널부러진 채 천장 한 번 쳐다본다

아! 두 번 다시 오지 않을
이 행복한 순간이여

# 손자의 시를 읽고

카톡으로 날아온

손자의 시 한 편에 멍해졌다

잠시

정신을 가다듬고 감상을 했다

가슴이 먹먹해 온다

외로움에 울었고

두려움에 떨었을

우리 손자

홀로 겪어내며

얼마나

많이 아팠을까

항상

"괜찮아요."라고 대답하던

대견한 우리 손자

널

생각하면

아직도

미안하고 고맙고 마음 아픈데

손자랑 할머니랑

절로 가는 세월 따라
너 또한 절로 자라
이렇게
아픈 감동을 주다니
그래도
무심한 세월만은 아니었구나

손자야!
넌 그 누구보다 더
의미 있고 값진 삶을
살아낼 거야
대견하고 소중한 내 손자
지금처럼만 살아다오

사랑해

# 마음속 거울

잠시 눈을 감는다
마음속 거울을 꺼내 본다

또렷한 빛 하나가 있다
하얀 세계가 보인다

모두가 희어 구분이 안 간다
몸과 맘이 따로 없이 마냥 희다

너와 나 한맘 되면
우린 모두가 함께
투명함 속에 비춰져
행복할 텐데

# 그저 고목 될까

피나는 노력이라 했다
살과 뼈를 깎는 아픔이라 했다

최고의 자리까지 가기 위한
과정이라 한다

연아의 빛남 뒤에 숨겨진 고통의
세월이 가슴을 뜨겁게 한다

나를 본다
부끄럽고 비겁했다

쉽게 포기하고
편하게 너그러웠다

그리고
지금 난
맺은 열매도 없이

그저
고목이 되었을 뿐인데

뿌린 만큼 거둔다는
당연한 진리를

또 한번
가슴에 새긴다

남겨놓고 가져갈 것 없는
빈손으로 돌아갈 때

그저
고목인 인생이
아니길 바라며

이제 다시
또
희망을 심는다

# 무언의 침묵

우리가
말이 없다는 건
말할 게 없는 것이 아니라
절절히 할 말이 너무 많기 때문이다

내가
말이 없다는 건
너를 지키기 위한 내 노력이며
너를 사랑하기에
참아내야 하는 내 최선으로
내가 아닌 너를
아프게 후벼 파는 상처를 주기 싫어
이를 악물고
견디어내야 하는 내 고통이다

우리가 함께 공유한

억울함도 분함도

투정도 바람도

각자의 심중에서 삭아 녹아질 때

모두가 편해지는 것


그렇기에

우린

무언으로 침묵한다

# 내 새끼들

하늘만큼 땅만큼
날 사랑한다던 자식들
삶의 무게에 짓눌려
날 잊으려 하네

죽을 때까지 함께하겠다던
빛 바랜 약속에
왠지 모를 서글픔이
날 조롱하네

내 나이 젊었을 땐
꿈을 먹고 살았는데

지금
난
텅 빈 공간에서

기다림과
그리움을 먹고 사네

잊혀 가는
내 존재처럼
나 또한
그들을 잊었으면 좋으련만

아직도
가슴에 넣어도 안 아플
내 새끼들!

# 기다림

기다리지 않는다
전화가 오기를

기다리지 않는다
문자가 오기를

기다리지 않는다
내게 오기를

사람이 사람을 기다리고
가족이 가족을 기다리다

이제 터득한다
아무것도 오지 않는다는 것을

결국 혼자가 되고
그렇게

기다림은 하얀 눈처럼
새하얀 그리움으로 녹아나고

흔적도 없이 사라져
아물거리는 기억 속으로 스며들고

마지막 남은 내 생의
끝자락을 붙들고 뒹굴다

끝내 숨이 끊어지는 그날까지
한 가닥 실낱같은
기다림으로 남는다

# 버려야 하는 것들

버려야 할 것들을
버리지 못하는 미련함을
이젠 버려야 한다

비워야 할 것들을
비우지 못하는 욕망을
이젠 버려야 한다

내 의지로 이루려 했던
젊은 날의 오만도
이젠 버려야 한다

힘없이 늙어가는
내 모습을 보는 서글픔도
이젠 버려야 한다

홀로 해바라기하며
느끼는 서운함도
이젠 버려야 한다

아무것도 해 줄 수 없는
무능함에 느끼는 죄스러움도
이젠 버려야 한다

희로애락을 느끼는 감정도
이젠 중요치 않다
필요치도 않다

없어도 살 수 있음에
서서히 길들여져 가고 있는
무덤덤한 내 삶의
모습을 보듬으며

오늘도
또 난 버려야 할 것들을
미련 없이 버린다

# 사랑은 간직하는 것

사랑이 가고 있다
받는 사랑은 가고
주는 사랑도 떠나간다

며칠 후면
모든 사랑은 가고
주고 받을 사랑도 없다

끝이 나 버린 쓸쓸힌 내 사랑은
이제 간직한 사랑만으로
혼자서도 괜찮을

아주
근사하고 아담한
눈치도 타박도 없는

나만의

간직한 사랑으로 남으리

사랑은 끝내

간직만 하지 주고받지 못하네

# 마지막 그리움

오늘
또 하나의 그리움을 보낸다

아마도
마지막 남은
그리움일지도 모른다

처음 보냈을 때의
가슴 저려옴과 절절함이
이젠 없다

너무 늦게 이루어지는
이별 앞에 그저 묵묵히
죄인처럼 고개를 떨군다

하나둘씩 내려놓았던
보고픔과 만남이
아직도 남아 있을까

손자랑 할머니랑

원한다고 해도 볼 수 없는
만남이

듣고 싶어도 들을 수 없는
그리움이

산처럼 바다처럼 쌓이는데
오늘
난 또
그 마지막을 껴안는다

# 이별

보듬어야 할 것들은
언제나처럼
내 가슴을 아리게 한다
놓아 버릴 수도
놓쳐 버려서도 안 될
숙명적인 얽힘으로
늘 한 몸처럼 붙어 있다
쓰린 한숨과 눈물로
까맣게 타다 부서져
한 줌
하얀 잿가루 되어
훨훨
이별길을 홀로 되어
떠난다

# 외로움

적막강산이 따로 없다

내 집이

원치도 않는데

세월은

자꾸 혼자 있으라

내 등을 떠민다

외로움은 세월 앞에

당연한 것을

견딜 만큼만 살다

가게 하소서

외로움과 동거하다

북망산천 찾아 떠날 걸

어느 해

홀연히

바람처럼 그렇게 흩어지리

# 바램

있으면 하고
바라지도 않는다

왔으면 하고
기다리지 않는다

깨끗하게 비워 놓은
가슴속에
아무것도 담지 않으리

너무도
가볍고 가벼워
나 죽는 날
힘들게 들지 않아도 될
내 삶의 무게를
무겁게 만들지 않으리

한낱
바람에 날 수 있는
먼지같이
그렇게
가볍게 하리

# 그리움

하늘 먼 곳 저 너머에
한 번쯤은 보고픈
그리운 사람 살고 있네

소식이나 전해 볼까
뜬구름 바라보며
소리 죽여 불러 보건만

들리는 이 있을 리 만무이고
몹쓸 놈의 환상만이
애꿎게도
내 마음을 덮는구나

# 건너지 못하는 강

건너지 못하는 강
이편엔 내가
저편엔 그가 있네

그들이 간직한
희로애락이라는

각자의 강을 만들고
바라만 볼 뿐

서로의 강물 속에
온몸을 담그지 못하네

나약함에 한숨짓고
두려움에 몸을 떨고
괴로움도 있네

어찌해야
내가 네게 건너갈 수 있을까

그저
바라만 볼 뿐

네 가슴속 만들어 놓은
망각의 강물 속에

온전히 나를 담그지
못하는 이 아픔을

# 끝낼 수 없는 인연

두 팔을 뻗어 붙잡으려 했다
잽싸게 표출되는 매정함으로
등돌리며 쏟아내는 분노 속엔
일촉즉발의 이별이 예견되고
독기 어린 심중으로 가득 찬
그는
그렇게 떠나갔다

해 떨어져 어둑해진 거실에
멀거니 홀로 앉아 눈 감으면
저만치
굽이굽이 추억이 흐느적대며
아직도
끝나지 않은 인연이라
헛된 꿈을 꾸고 있는
이런 내 맘
넌!
알겠니?

손자랑 할머니랑

# 입장 바꾸면

나는 네가 아니라서
너의 감춘 속내를 알 수 없고

너는 내가 아니라서
나의 애끓는 진심을 알 수 없네

희다 한들 무슨 소용
검다 한들 대수런가

입장 바꿔 생각하면
이 천지간
원수는 한 사람도 없으리

# 소통하길 바라며

소통의 물골이 워낙 깊어
터지지를 못하고
두터운 옹벽 안에 갇혀
출렁인다

각자의
이기심이란 그릇 안에
원망과 비난과
억울함을 담아 놓고
비우질 못한다

정당함과 공정함을
내세운 이기심은
바늘구멍만 한 이해의
구멍도 뚫지를 못하고

오랜 세월
누적해 왔던
미움과 불신이
산처럼 높아지고

정의롭지 못한 합리화가
이성을 마비시키고
이 세상 다 끝내고 싶은
배신과 분노의
극치를 달리게 한다

단 한번만이라도
진솔한 대화를 했더라면
아쉬움이
후회가 남는다

먼 길 돌아
다시
아 자리에 올 땐
진정
화해와 용서의
꿈 같은 시간이 있어 줄까
배려와 감사가 있어
이 가정을 가문을
회복시키고 살릴 수가 있을까

가슴 저며오는
슬픔을, 아픔을
이 세상
무엇으로 씻어낼까

십자가를 떠올린다
하여
그 길을 따를 수 없는
악한 내 모습에
소름 끼치도록 통곡한다

# 내 죄

감히
사랑한다는 말로
어찌
다 덮을 수 있을까
미안하다 한들
무슨
사함이 되겠는가

고맙다 표현해도
모자랄 뿐인데
지금이라도
부모 형제 다 떼어내고
혼자
저 살길을 찾았으면 좋으련만
운명이란
그것 또한 막는구나

손자랑 할머니랑

야속하고 괘씸한
삶의 길이여!
버리지 못할 것이라면
지고 이고 매고서라도
원하는 목표까지
도달하게 만들어 주오

뿌린 눈물만큼
흘린 땀만큼
헛되지 않게
빛나는 면류관을 쓰게 해 주오

어미의 부덕한 소치로
벌을 받는다면
나 하나만으로 족하게 하소서

내 새끼들 모두에게
티끌만큼의 해함도
없게 해 주오

이 모든 죄의 대가는
이 한 사람으로
끝나게 해 주기를
간절히 바라오

# 낯선 이는 가까이

찐한 고독을 훌훌 털고 나면
싸한 외로움도
짠한 그리움도 없다

끈적거리던 혈연의 정도
세월 속에 엷어지고

홀로 있음에
편안함을 얻는다

낯익은 얼굴은
저만치 떠나 있고

낯설은 이는
오늘도
가까이에 있다

# 편한 이별

세월만 간다 원망 마라

청춘도 가고 젊음도 가고

낳은 정 기른 정

온갖 정이 모두 가는데

못다 한 정 있다 한들

이루지 못해

어찌 슬퍼할까

무심한 세월이라

감히 야속해 할까

드디어

내 육신도 가야 함을

터득할 때쯤이면

세월은 날 보고

빙그레 미소 지며

잘 가라

배웅하겠지

고등학교 1학년, 손자의 이야기

# 봄비

비가 내린다
투박한 겨울의 대지로
한 방울 한 방울 내려와
쌀쌀했던 시간을 모두 덮어준다

비가 내린다

맑았던 하늘도 울어
부끄러운 나의 더러움을
한 방울 한 방울 내려와
이슬비를 내려 씻어준다

비가 내린다

봄과 함께 찾아온
갑작스런 손님은
한 방울 한 방울 내려와
하얗게 쌓인 흔적들을 모두 흘려낸다
비가 그쳤다

그렇게 봄은 찾아오고
시작을 알리던 비는 그쳤지만
찰나처럼 가녀린 눈물들은
나의 마음을 적셔낼 수 없었다

# 나쁜 아이

어지러운 아지랑이에 과묵한 충고가 멀어진다
돌아갈 곳이 없는 녹색 이리 한 마리는
무리에서 까마득한 땅 끝으로 자리를 옮겼다
제한된 언약에 야릇한 매연을 내뿜던 공장은 가동을 멈췄다
붉은 달빛은 무너진 하수도로 간악스러운 광명을 심판했고
가득 찬 적망월을 향해 이리는 빳빳이 고개를 내세우며
절개 있는 신음소리를 내며 울부짖었다
동서남북이 합일하는 얼어붙은 겨울바다에서 이리는 홀로
서 있고,
극한의 눈보라보다 날이 솟았던 차가운 눈빛들은
수만 년 동안 이리를 쫓아다녔다
어디선가 굴러온 나무 축구공이 그의 유일한 친구였다
사랑을 갈망하던 이리는 닫힌 세계를 쏘다니며
먼저 사는 자들에게 넌지시 유언을 전파했다
그들은 지식을 알려주었지만, 진정으로 지혜를 이해하지 못했다
침묵은 여생을 위한 황금이었다
한계를 넘은 무게에 이리는 더 이상 두 다리를 지탱하지 못했고,
비정한 그의 속물들은 검은 방을 가득 채웠다

손자랑 할머니랑

이리는 물속에 잠겨 깊은 잠에 빠졌다

난쟁이들과 천사들은 그 모습을 보지 못했다

이리의 모습은 사라지고

가지런히 정리된 살구색 피부들만 불 속으로 던져졌다

그가 잠들었던 날은, 달빛이 흐르던 밤이었다

# 강동대교

버스가 막 대교를 건넜을 즈음
그의 마음에서는 가무잡잡한 자국이 지워졌다
콘크리트를 땅으로 하여 강동을 옆자락에 메이고
즐비하게 늘어선 사람들이 쉴새없이 지나쳤다
저 사람들의 직선은 어떤 숨으로 가득 차 있을까
가면은 돌려쓰지만 간섭받지 않는 강물을 가련히 비웃어왔다

이와 제가 공존하는 미래의 문
과거의 순회를 걷기엔 가시밭이
펼쳐져 돌아갈 수 없어, 그것이 그로부터
말미암아 벌어진 사건이라는 걸 알고 있었다
버스가 지나간 자리엔 옅은 바퀴자국이 듬성듬성 남아 있었다

# 놀이터

처녀 같은 장대비가 지나가는 밤에
낭인도 없고, 벗도 없는 나는 홀로
쓸쓸히 음료 한 캔을 마신다
역한 구역질로 음료를 삼키며
비로 적셔진 허공에게 넌지시 묻는다

굳은살 박힌 모래와 연한 철골에
모난 회초리를 휘두르는 기후야
그 서러운 비명은 누구를 위한 아우성인가

억세 같은 계절풍과 포화같은 비바람은
구름이 흘러가도 그칠 줄 몰랐고
외람된 하늘의 주인은 그의 매운 눈물을
동이 트고 나서야 거두었다

고등학교 1학년, 손자의 이야기

# 눈을 뜨고 나면

작은 숨결에도 설레게 하던
성층운의 희미해진 윤곽들과

운명의 향기가 깊숙이 배어 있는
무수한 일몰의 시간들아

사랑하는 그대의 따듯한 품에서
길고도 짧았던 세상 여행을
잠시 쉬어가려 하네

내 육신 이제 곧 소멸하니
울상 지은 그대 어여쁜 얼굴
부디 찡그리지 마시고
활짝 웃음 지어 주소서

손자랑 할머니랑

달고도 쓰디썼던 일장춘몽
다시 눈을 뜨고 나면
어렸던 두 손을 잡고 있을까

아련한 봄날의 기억들이여
이제는 안녕

# 은하수

은하수가 흐르는 어느 새벽에
불 꺼진 자색 성냥갑들 사이로
묵묵히 불어오는 시작의 바람소리가
하야夏夜의 일말一抹을 흘려보낸다

분주하게 꼬인 운명의 실타래를 풀다보니
어느샌가, 내게는 흑백 건반도 사라지고
오지奧地의 높푸른 왕국도 아득히 희미해지고
수작의 영감은 외우주의 별들과 함께 죽어갔다

조촐한 기우제 홀로 가련히 지내면서
백오白烏가 여기로 날아와 주길
바라옵건대 나의 직녀님은 어디로 떠나가셨나

오늘도 새벽 가랑비 맞으며
이면지 가득 일기를 한 장 적어 보자

그러다 새로운 아침이 밝아오면
은하수를 사모한 야밤의 창공은
지구 반대편으로 돌아가 별길을 향할 것이다

손자랑 할머니랑

94

# 태양이 저물고 새벽엔 만월이 차네

여러 면 접어놓은 열두 평 거실에
조곤한 스피커 볼륨 살짝 키워 놓고
흘러나오는 인디밴드의 노랫소리를 들어

오늘은 이제 그만 자야지, 라고
이는 꼭 닦고 자야 한단다, 하는
어머니도 밖에 외출하시고 안 계셔
이 시간만큼은 그의 유일한 놀이터야

거친 밤의 공기와 차곡차곡 쌓은 책들
아까까지만 해도 미련 없이 켜져 있던
아파트들이 내일을 위해 눈을 감고 있어

모두, 잘 자요
외로웠던 주말의 정오 비춘
태양이 저물고 새벽엔 만월이 차네

고등학교 1학년, 손자의 이야기

# 불면증

골목 어귀를 뒤로 재어 길게 늘어진
신릉동 34-2번지는 쉬이 잠들었나

사방이 고요해 괜시리 울적하니
낡은 기타를 한번 잡아본다

동이 틀 때까지 잠들 수 없어
뜬눈으로 밤을 지새우게 하는
머릿속 깊게 박혀버린 통증

길 잃은 반딧불이들의 비탄이
남모를 위안이 돼 버린 애석한 밤이오,
기댈 사람 하나 없어 쓰라린 밤이다

손자랑 할머니랑

時

눈꺼풀 위로 잔뜩 쌓여버린 촉각은
자색 성탄절의 창백한 종소리다

세월의 노래를 합창하는 봄바람
마른 잎새 스쳐가며 야상곡을 부른다

문턱에 초대받지 못한 손님은
해도 구름도 별도 달도 바람도 아닌 역마
조용히 달구지 타고
휘파람 선율을 키며 그저 천천히
타박 타박…
타박 타박…

하루가 지나고 이틀이 지나고
한 달이 지나고 반년이 지나고
일 년이 지나고 십 년이 지나도
행인은 결코 돌아오지 않았다

그제서야 아낙네는 깨닫는다

다 그런 것이다

고등학교 1학년, 손자의 이야기

# 사선死線

순수의 결정으로 조각된 세상의 경계
지금 그대는 사선 위에 서 있노라

잡음이 끊이지 않는 라디오를 부숴야 되오
지평선 넘어 광야의 끝으로 달려가야 되오
아니면 적막한 사상의 독사진 주위로
선악과의 거름을 발라보아야 하나

짧지만 어쩌면 길었던 아흐레의 날
이상과 현실의 괴리감 사이에 놓인
공백의 바다에서 정처 없이 고뇌했다

인생사 공수래공수거란 현인의 귀언
찰나의 쾌락을 즐기던 어리석은 잡초는
여러 은사들의 기대와 소망을 저버리고
밤이 오자 결국 맥없이 고개를 숙이네

사활이 드리우는 퇴색된 음양의 경계
지금 그대는 사선 위에 서 있노라

안식의 땅에서 나태함에 취해
만물의 사랑을 가늠치 못했던
나는 지금 사선 위에 서 있노라.

# 잡초의 꿈

푸른 생명의 이름을 들어본 적 있는가

폭포수 흐르는 왕의 오솔길에 핀 향기로운 꽃과
비 내리는 정원에서 잡은 영롱한 손에
첨삭돼서 사라지는 상냥한 사랑의 온기며,
아득히 잡힐 듯한 먼 훗날의 유물이며,
거꾸로 뒤집힌 세상에서 장엄히 연주하는
수만 가지 이름들의 멜로디가 사랑의 정원

부드럽게 몸을 쓰다듬는 자상한 속삭임에
오늘을 끝내는 여행자가 이곳에 방문했을 때
부끄러운 몸뚱이 꺾지 말고 모두가 사랑한
어여쁜 유채꽃 한 송이 살포시 귓불에 걸쳐 주세요
이 몸을 밟아 한 걸음 내딛을 수 있다면
마침내 강건히 자라나 작별의 인사를 해 주세요
바람을 타고 저 머나먼 타국 땅으로 떠날 때면
미약하고 여린 축복을 바람에 흘려 보내 주세요

시간 지나 그들이 기억하지 못해도 괜찮아,
이건 단지 작은 잡초의 꿈이기에…

# 야상곡

조랑비 서글프게 한탄하는 어둔 몽상의 우야雨夜
쓰이지 않는 초라한 메모장에 거울 속 분신을 가두어
힘없이 고된 창작의 착취와 지워진 사상의 순수와
병든 사지에 스스로 족쇄를 얽맨 소년의 초상이
노인의 얇은 일기에 투영되어 후회의 눈물을 적신다

밤새워 투합한 미래를 살아가는 소중한 지표들과
한때 열정적으로 불타오르던 절묘한 시상의 영감도
나만 멈춰 있는 이 표독의 세상에서 붉은 만월 차오를수록
찬란한 그 빛에 가려 하얗게 퇴색되어 갔구나

땀에 젖은 머리를 쥐어뜯어가며 완성시킨 졸작을,
위태한 삶을 안주하는 어리석은 숙명의 그를 대변할
고독한 남자의 장중한 독주는 끝이 나질 않으며
안방 구석 작은 책상에 앉아 펜 대신 누르스름한
미제 타자기 잡고 시계가 꼿꼿이 앉아 있을 때까지
흘러나오는 야상곡 들으며 구름 위 월무를 바라본다
월무를 바라보며 나는 떠올린다

한밤중 애달픈 피아노의 선율의 발자국을 따라가
활기차게 웃고 있는 자화상을 뒤집어보면
그곳에는 애수에 젖은 인간이 그려져 있다

# 편지

아무것도 적히지 않은
공백의 빈 종이
그곳에 아련한 이름을 적는다

까마득한 설산의 정상에서
잠시 멀고 먼 과거로 역행하는
앳된 손길의 낡은 편지를
한번 눕혀 보자

우표도 붙이지 않고
혹시 누가 볼까 두려워
세 번 네 번 꼭꼭 고이 접어
하늘 위로 곧게 날린다

그렇게 무릎 꿇고 빌어본다

멀리멀리 뻗어나가라

아무도 볼 수 없도록 빌어본다

멀리멀리 날아가거라


창공을 쭉- 가로지르는

이름 모를 아무개의 편지

여전히 가슴속에 깊게 박힌

쓰라린 유년의 주마등

# 딜레마

산봉우리로 가는 도중
삼거리 바닥 가득 누워
어떤 눈물이 그를 깨우나
조용히 귀를 기울여 보자

어리고 어렸던 그 아이가
팔척 가마 등에 지고
강요된 운명을 씻어내니
손꼽아 기다리던 화답은 없네

하지만 어쩌겠나
우리의 일통한 축사는
비린내 젖은 박수를
텅 빈 그에게 채울 수밖에

# 만약에 그날이 온다면

만 이십칠 세 이백십이일 되던 날
가슴속 작은 영혼은 스승의 은혜를 찾아
조용한 시골 들녘 모교母校에 방문했다

미숙한 소년의 사춘기를 훈육訓育하던
선생의 자리는 새로운 이인이 가로차
작은 안부조차 전할 수 없는 노릇이려나

호랑이같이 무섭던 우리의 은사는
콩알보다 작은 두 남매의 어머니에서
이제 늙은 할미가 되어 편히 안식하고 계시리라

못 만난 아쉬움 무릅쓰고 중앙계단 너털너털 내려오자
교정校庭을 가득 둘러싼 소나무에 비추는
그리움으로 칠해진 석양의 언덕의 학교

고등학교 1학년, 손자의 이야기

며칠 전 도색한 듯한 조회대 난간 잡고
길게 뻗은 운동장 바라보며 옛 된 회상에 잠겨 보니
아무도 없는 학교에 오래된 숨결이 불어지기 시작했다

뙤약볕 내리쬐던 한여름 정오에
물 만난 강아지같이 공을 차던 그때는
어찌나 그리 용감하고 무식했었는지

또 하물며, 오늘같이 노을 비추던 하굣길에
땀에 젖은 귓불을 쓰다듬으며 스쳐지나가는
여름바람은 얼마나 상쾌했었는가

종례가 끝나고 창가 옆에서 가방을 싸던
너의 긴 머리에 비추던 노을을 보고
시를 썼던 동화 같은 이야기가 처연하기만 하다

다만 하늘색 명찰표를 달고 있었던 그날들
추억이라는 두 글자로 각인된 실연

가슴 한편 깊은 곳에 꼭꼭 숨겨둔 채
복받치는 눈물 대신 젖어 있던 회상의 물기를 닦아내자
교정 앞에 일렁이는 익숙한 모습이 이리로 걸어온다

주홍색 볕이 쓱쓱 대지大地를 칠하고,
어디서 참새들이 짹짹 울어대고,
길고 길었던 이야기의 결말이 다가온다


두 운명에 종언을 알리는 고리가 철컥 채워지고
너 없이는 홀로 빛날 수 없는 나였으니까
끝을 알아차려도 뒤돌아보지 말고
동화 속 주인공의 마지막 이야기를 들어 줘


오랜만이야


교내로 들어오던 너의 놀란 표정과
왼손 검지에 낀 자그마한 금색 반지


드디어 마음 편히 이 길고 길었던 이야기에
굵은 마침표를 찍을 수 있겠구나


우리 언젠가 웃는 얼굴로 다시 만나자


고등학교 1학년, 손자의 이야기

# 슬픈 회고록

십여 년 한시한철 퍼레진 쇠지팡이 하나 들고서
기름진 애마의 고삐를 놓으신 당신은 이제 쉬시오
태초에 하늘이 열리고 각인된 애틋한 음성은
수평선 너머로 우람히 떠오르는 일출에 아기 웅앵거리니
채찍 같은 일련의 바람에 고개를 내밀었던
환갑 훈장에 한번 방긋 웃어보랴
과거의 문으로 이어진 순례의 길을 따라 걸어
기어코 당도한 유년의 회랑에서
집 한 채 그려진 도화지에 당신과 내가 있었네
갈라진 거울 안에 비추던 건 말썽꾸러기 손자와
소파에 앉아 하릴없이 여생을 표류하던 당신
몇 번의 칼바람 부는 계절이 뒷산 저편으로 넘어가고
같은 공간에서 방황하던 시곗바늘은 멈춰 섰지만
두 손 가득 나를 안았었던 당신의 따스한 온기를
나 뼛속 깊이 품은 채 생을 살아가리라

손자랑 할머니랑

언젠가 세상 여행 마침표 찍고

저 광활한 우주 끝에 계시는 두 분을 만나러 갈 테니

그때 두 팔 벌려 내 이름 크게 불러주신다면

나 당신을 사랑한다 하염없이 울면서

온화한 당신의 그 품에 다시 편히 안기리라

고등학교 1학년, 손자의 이야기

삶과 노년의 시간, 할머니의 이야기

## 세모

여기
앙상한 나뭇가지엔
암울한 겨울이 얹혀 있고
해 너머 가는 서녘에는
외로움이 녹아난다
한 해가 다 가고 있는
끝자락에 갈 곳 잃은
자비는 숨가쁘게 외쳐대다
유명무실 내동댕이쳐지고
서럽게 울어대다
지친 영혼은
실체 없는 허구를
끌어안고 뒹군다

# 그래 왔듯이

그래 왔듯이
또
한 해가 묻혀진다

서른세 번의 슬픈 소리로
울어대며
남겨진 찰나의 순간까지

모두
다 써버린 마지막 밤은
돌아 갈 수 없는

세월의 강을
또 한번 건넜다

새로운 날은 열리고
그래 왔듯이
눈부신 태양은
아쉬움도 부산함도 없이

제 모습을 드러내고
홀연한 자태로
우릴 재촉한다

더 많이 바라보고
더 넓게 마음을 비우라 한다

그리고
이 한 해도
많이 아파하고 사랑하라고 한다

# 눈 꼭 감고

어느 날인가
추락한 삶의 변화가
가슴을 에이고

뿔뿔이 나뉘고
헤어짐으로
견디기 어려운 아픔은

독을 품고
내 의지를 육신을
강하게 만든다

기약 없음을 쫓아내고
기약하며 희망을

두려움을 담대함으로
고난이 주는 기쁨을

흘린
눈물만큼 땀만큼

얻어질 영광의 순간을
그리며 바라며

눈 꼬옥 감고
하늘 한번 쳐다보자

하얀 눈물이
소리 없이 흐른다

# 악연

인연이면
끊어도 볼 텐데
질기디 질긴
몹쓸 놈의 악연은
겹겹이 내 몸을 옭아매고
꿈쩍도 않는구나
한 겹 한 겹 옭아맨 줄
벗겨내고 벗겨내도
어느 세월 끝이 날까
비워지질 않네

가슴속 쌓인
얼음덩이 너무 시려
더 이상은
못 담아두겠는데
오늘도
또 한 조각의 얼음덩이를
만들었으니

이젠
시리다 못해 아리게 하다
끝내
감각마저 없게 하네

아!
몹쓸 놈의 인연아!
마음속 용광로는
언제쯤 찾아올까
나 그날까지
백의종군 할라요

# 회복

조각난 인연들을 모아
불을 밝혀 꿰맨다

크고 작은 하나 하나에
숨을 죽이며 정성을 쏟는다

밤새워 기워 낸
조각들이 모여

참으로
위대한 한 폭의 그림이 되고

우리의 삶은
진정한
꿈을 이뤄내고

희망찬
내일을 향해
힘차게 나간다

# 빈 맘

마음을 비우라 한다
저 하늘이

낮아져라 붙잡는다
이 땅이

무심한 세월은
준비도 되지 않은
노년의 시간을 만들고

무작정
아무것도 담지 말라 한다
그냥
이대로 떠나라 한다

빈손으로 왔던
그곳으로

# 허허실실

형형색색으로 채색된
기억은 상실되었다

한 겹 한 겹
덧입혀진 고운 색들이 벗겨져 가고

남겨진 마지막 무색의 탈바꿈은
깊은 공허함을 드리운다

허허실실

남길 것이 있어도 좋고
남길 것이 없어도 좋은데

북망산천 떠나 없는 이 한 몸
후손들의 기억 속에 잠시 남기를
감히 욕심내 본다

손자랑 할머니랑

# 작은 행복

보이는
화려함이 근사함이
아닌
조촐함이 진솔함이
감동으로
초라하지 않음이여

작은 정성에도
눈물이 나고
한없이
고마울 때
난
행복하다

무엇인가를 하기 위해
쏟는 열정에서
아직도
쓸만 한 나를 느끼면
살만한
내 가치를 확인하다

행복이
이렇게
작고 여릴 줄이야

# 자족하며

이대로 머물긴 싫은데
언제 어느 틈엔가

내 고단한 삶을
내려놓은 편안함으로

요란스러움도 없이
자연스런 은퇴를 하고

그렇게
자족하며 웃으리

삶의 뒷전에 밀려
노년의 둥지를 틀었나

저녁 노을이 서글퍼
우는 것보다는

그 빛남에 경의를 표하고
캄캄한 어둠을 사랑하며 품으며

# 고즈넉한 내 삶

세월이 가고 있네
그 속을 함께하며
나도 가고 있네

아름다운 세상을 그리며
꾸었던 어릴 적 꿈도
순식간에 쓸려가고
온통
환희와 빛남으로 우쭐대던
내 한때도 묻혀
몇 번인가
셀 수도 없는 고난의
시절과 함께 묻어가네

그리고
지금은
자연 앞에 마음을 비우며
한결같은 일상에
길들여진 채
요동치지 않은 고즈넉한
내 삶도 흘러가네

# 여름날 속의 나

무더위 속에 갇혀 있다
심신은 지쳐 있고
산뜻한 생각도 상큼한 느낌도 없다

그저
답답하니 무겁다

내 오감을 열어 줄
그 어디론가
홀쩍 떠나고 싶다

한잔의 커피와
시원한 바람과
멋진 음악과
지는 석양이 아름다운

그런
노을을 볼 수 있는 곳이라면
어디든 좋다

혼자이어도
둘이어도 좋다

무기력해진
내 육신을 벗겨내고

그 위에
살아서 꿈틀대는

진정한
살아 숨쉬는 내 열정을
입히고 싶다

아직은
끝낼 수 없는
삶의 연장선에서

마지막 남은
기력을 끌어모아

할 수 있는
그 무엇이 있어 주길

염치 없는
두려움으로 기대해 본다

# 비워낸 빈 마음

등 따습고 배부른데
시리고 허기진 건
웬 말
복에 겨워서일까

끝낸 줄 알았던
욕망이
다시금 꿈틀대고

채워지지 못한 영화가
어른거리며 속삭인다

아직도
끝나지 않았다고

언제나처럼

갈망했던 행복이 넘실대며

손짓으로 날 꼬드기지만


헛됨이 아닌 참됨으로

가슴속 깊은 그곳에 채우리


신기루가 아닌

비워낸 빈 마음을

# 넉넉하게 채우리

그닥 슬픈 이유는 없는데
빛깔도 형체도 없는
의미도 모를 슬픔이 일렁이고

귀먹고 눈도 멀고
등허리는 굽었는데

세월은 가고
치열했던 삶의 뒷전에서

수족이 잘려나간 몸뚱어리는
구르지도 못하는구나

이제
이곳

여기에 한곳 머무르며
끝내지 못했던

마음속에 돌덩이를 들어내고
그 빈자리에 채우리

너와 내가 함께할
해맑은 미소를 띠며

그렇게
넉넉하게 채우리
사랑과 베풂으로

# 자연을 닮은 인생으로

하늘은 열려 있고
삼라만상이 그 속에 담겼다

무수한 빛과 자태를 뽐내며
하늘이 열려 서 있던 그 자리에
지금도 서 있다

오랜 세월
줄곧 한 자리에 있건만

아주 생소해
내 시선을 붙잡고
황홀해 감탄하고
그리움에 가슴 벅차게 한다

햇살 좋은 소나무 그늘 아래 앉아
벗들과 정겨운 추억을 더듬고

지나온

세월만큼이나 훌쩍 커버린

갖가지 나무와 꽃들 속에

우린

얼마나 쇠하여졌을까


자연을 닮아

함께 성장해 가길 소원하며


오늘도

내 삶의 공간에 넣어 둘

베풂과 푸근함을


풍성한 나무숲 같은

자연을 닮은 인생으로

내 여생을 채우고 싶다

# 간다

간다
자꾸 간다

이젠
좀
천천히 가야겠다

멈추지도 되돌아가지도 않고
자꾸 간다

세월이, 인생이
절로
앞으로만 간다

사랑도, 미움도 함께 섞여
그렇게 미끄러지듯 흘러간다

빛 바랜 낡은 사진 속에
너무 많이 와버린

내 삶의 흔적들을
하나씩 지우며

# 풀꽃을 보며

가녀린 풀 한 송이에
슬픔이 떨어진다

너무 여리고 힘이 없어
실 같은 줄기조차 버거울 텐데

머리에 애잖은 꽃잎을 모아
한 송이 애기 꽃을 이고 있구나

기특하고 대견한 너를 보며
잠시 뭉겨졌던 내 인격을 찾아
반듯하게 되세워 본다

# 물질 앞에

돈의 괴력 앞에
무참히 짓밟힌
우리의 삶 속에서

우애도 형제애도
목이 떨어져 나가고

절절히
끓어오르는
애절함을 삼킨다

위로와 격려의 말 한마디에
가슴 뭉클하던 순수함도

이젠
저 멀리 허공 속에 묻혔다

손자랑 할머니랑

오늘은

맨입으로 말하지 않을 것이다

맨손으로 다가가지도 않을 것이다


그리고 내일은

너와 나

영영 멀어만 지는구나

# 유기당한 청춘

사람 하나 있어 주었다
차라리
인연을 맺지 않았으면
좋았을
후회를 해 본다

살아야 했다
그냥
살아야만 했다

이렇듯 숨죽이며
그런 듯 살아가야 했다

삶의
계획도 없이
목표도 없이
그냥
떠밀려 살아왔다

손자랑 할머니랑

청춘의 꿈을 유기당한

내 삶의 여정은

너무도

혹독한 대가를 치르고 나서야


내게 진정

살아가야 할

의미를

이유를 알게 했다

# 어둠 속 빛남

어둠을 덮고 살았다
시리고 저려서

온통 신음소리 뿜어내며
그렇게
아파했다

이제
난
익숙해진 어둠 속에서

함께한
광명한 새날을 본다

눈을 감아도
절로
보여지는 뚜렷함을

온몸 가득히 담으며

어둠 속에 있는

여명을 본다


참으로

어둠은 날 진정 쉬게 한다


미쳐

보지 못했던 빛남을 발하며

온전한 휴식을 안겨준다

# 심연의 삶

삶이란 세월과 함께
내가 흘러가는 것

고달팠던 삶도
편했던 삶도

모두가
세월 속에 묻어
따라온 것뿐인데

삶의
변화 무쌍한 모습은
만 갈래의 길을 만들고
함께
흘러온 세월은 요지부동
오직
한길로만 가는구나

손자랑 할머니랑

오! 야속했던 세월아!

이젠

그 기막힌 숭고함에

내 머리 숙여 그댈 따라가리니

마지막 삶이라는

그 크고 깊은 심연 속에

날 넣어주렴

# 고통

참을 수 없는 분노가 솟구칠 때
참는다는 것은 그 고통이
산보다 높고 바다보다 깊다

아니
차라리 혀를 깨물고 죽음을
택함이 더 나을지도 모른다

순간을 참아내기 위해 이를 악물고
온 힘을 가슴에 모우고
모든 이성을 머리에 담는다

복받치는 감정을 누르고
잠시 눈을 감고
깊은 숨을 토해낸다

악취가 진동하고
갖은 오물들이 튀어 나온다


속은 비워지고
정화된 가슴속엔
하염없이 눈물이 흐른다


그저
살기 위해 흘리는
치유의 눈물일 뿐인데


더 이상은 아픔도, 슬픔도
날 찾아 들지 못하도록
저 멀리 저 높게
두 손에 담아 힘껏 날려 보낸다

# 가증스런 인생

고요 속에 녹아 있는
광란의 너울거림

위선 속에
덧씌워진 탈을 쓰고

그럴싸한
호기로 덮은 채
천연덕스럽다

어쩜
그렇게도

철저히
가면 속에 가려놓고

저며오는

고뇌의 몸부림이 숨막히지 않고

자연스러울까


참으로

대단한 연기력에

갈채를 보낸다

# 이기주의 극치

정지된 듯 침묵하며 흐르는
삶의 순간순간 속에
섬뜩함이 담겨 있다

숨소리마저 쇠하며
들릴락 말락
내 청각을 시험한다

드높고 넓은 밤하늘의
샐쭉한 초승달의 빛남으로
빠른 걸음을 옮기며

아직은
살아 있음에 안도한다

소중한 하루하루가
참으로 고요하다

아무도 대신해 줄 수 없는

죽음 앞에 내 모습은


위선으로 찌그러진

완전한 이기주의다

# 내 양면성

기쁨 속에 감춰진
비애가 있다

웃음 띤 표정 속엔
메마른 눈물이 흐르고

아무도 모르게
꽁꽁 숨겨 놓은

슬픔 뒤에 있는 아픔을
들킬까 봐

조심스레
말하고 행동한다

아무리
기쁨이 큰들

가슴을 찢어대는
아픔만큼 클까

오늘도
위로하고 위로받는다

아무에게도
내보일 수 없는
나만의 것인 것을

나와 함께 해줄
그 누구도 없이

그 길을
잘 가기 위해

내 스스로에게
"괜찮아." "잘될 거야."
최면을 걸어놓고

## 공범자

누굴 위해 살고 있나

이 무슨 헛소리
나를 위해 산다면
딱히
그런 것도 아닌데

우린
너와 나
함께
더불어 살아가는 것

넓고 깊은 눈으로
내 속마음을
너의 속내를
들여다볼 수 있다면

아마도
우린

서로가 필요한 부분만을
바라볼 뿐

그렇게
나를 위해 너를 위해
철저히
공범자가 된다

# 찰나의 인생

영겁 속에 한 해는
그저
찰나에 불과한데
지나간 세월은
또
찾아온 한 해는
어떤 느낌으로
만나고 보내는지
인생은 짧고
세월은 긴 것일까
우린
모두가 오래 산다고 해도
영원한 세월 속에
찰나일 뿐인 것을

# 비워진 마음속엔 자유가

저만치 앞서거니
희망이

고개 들면 그 자리에
현실이

등 뒤론 뒤서거니
아픔이

쫓기고 떠밀려 뒤엉킨 채
속수무책 인생이 되었구나

이제
정신차려 나를 보니

어느새

비워진 마음속에

동그라미 하나 들어 있네

그 무엇에도 찢기지 않을

나를 위한 넓고 깊은

자유라는 것이

# 이제 난

보이는 기쁨보단
보이지 않는 슬픔에
마음을 빼앗긴다

지금 와 있는 행복보단
아직 오지도 않은 불행에
가슴 졸인다

언제 왔다
언제 갈는지 모를
기쁨과 슬픔에 헷갈려 하며

하늘을 날다 곤두박질친 채
땅이 꺼져라 한숨짓기도 한다

하여
이제 난
아무도 모를 내 미래가
푸른 창공을 닮기를

그리고
한 마리 새가 되어
훨훨 날기를
오늘도 소망하며

삶의 굴레 속에 씌어진
위선의 허물을 벗고

새털같이 가벼워진 심신으로
온전히 날기를 시도한다

# 고인 물이 아니기를

고인 물은 언젠가 썩는다 했던가
정지된 듯 늘 같은 생각만 하다
한치도 나아가지 못하고
다람쥐 쳇바퀴 돌 듯
그 자리에 고인 물을 만든다

마음속에 썩은 물은 담기 싫어
눈이 빠져라 열심히 맴돌다
고인 물이 아닌
역동의 흐르는 물을 만든다

생각을 바꾸고
한계를 뛰어넘어
이 산도, 저 산도 아닌
그 산으로
드디어 간다

무한한 가능성을 열어놓고

도약하며

끝내 가고야 만다

죽음까지도 감사하며

갈 수 있는

그곳으로

# 정화되어 가다

흐르는 땀만큼
내 몸속은
맑은 샘이 되고

흘린 눈물만큼
내 마음은
고요한 연못이 되네

정지되지 않은
일상을 만들기 위해
흘려야 하는
땀방울과 눈물방울은

지금
어디에서
방황을 하며 맴도는 것일까

안주하지 못하는
고달픈 삶을 끌어안고
오늘도


또다시
후회와 연민으로 범벅 된


눈물과 땀방울을
그렇게 쏟아낸다

# 바람 속에 묻어

바람 속에 묻어 나를까
날다 내려 앉아
긴 한숨 토해 내며
벌러덩 누워 볼까

푸른 초목으로 펼쳐진
넓은 들판을
고삐 풀린 망아지마냥 달려 볼까

그림 속의 난 참으로 웃고 있다
눈썹 떨리는 희열이 마구 솟구친다

하얀 이 드러내고
소리쳐 웃는 이는
그도 저도 아닌 나다

난
진정 고통 없이 웃고 있다

눈물이 모두 다 증발해 버린
뽀송한 안구 속에 반들거리는
희락의 참열매를 담고

천사 같은 표정으로
다시 또
바람 속으로 묻혀 날아간다

영영 날다
내려앉지 않기를 바라며
날아간다

# 물처럼 흐르기를

높고 낮음이 있기에
물은
그렇게 흐를 수 있다

큰 바위를 만나면
조금은 천천히
음흉하게 속내를 감춘 채
바위를 감돌아 흐른다

소용돌이의 위력을
그 아무도
눈치채지 못하게 하면서

새하얀 거품이
용광로 같이 용솟음친 후

한참을                     오래토록
또 그렇게 흘러             이렇게 흐르기를
더 낮은 평지를 찾아        나는
도도히 흐른다              간절히 소망한다


산전수전 다 이겨내고
만민이 함께


손발 담그고
푸르른 녹음 우거진 숲에서


새소리 바람소리
벗삼아 가슴을 풀고
시원스레 알 수 없는


평온을
살포시 안겨주며
여유로이 흐르는 물처럼

# 길

누구에게나
하나쯤은
가시가 있다
드러나기도 하고
숨겨지기도 한다
그 가시에 찔리면
아프기도 하고 피도 난다

짙은 안개 덮인
삼거리 갈림길에서
이리 갈까 저리 갈까
방황을 하다
내디딘 그 길이
가다 보니
막다른 골목길이라니

잘못된 선택으로
후회가 산처럼 높아지고
가슴을 치며
통곡의 바다를 만든다

돌아 나와
다시 하나의 길을 간다
막히지 않은
열려진 그 길을
계속 따라
걸을 수 있기를
간절히 바라며
의연히
그 길을 간다

이젠
찔려도 아프지 않다
피도 나지 않는다
굳은살이 되어버린
마음의 고요는
육신의 고통을
이겨내고
하나님의
참사랑 앞에
무릎 꿇는다

# 나의 길

싱그러웠던 내 생애
의와 참됨으로 뭉쳐진
해맑던 심성이
부딪치고 깎이고 구르며
진흙탕 물보다 더 시커먼
잿빛 썩은 물이 되어
내 몸속에 틀어 앉아
내 육신을 호령하려 한다

한참을 정신줄 놓지 않으려
혼신의 힘을 다해
처절한 몸부림을 쳐본다
통곡의 세월도 있었다
분노의 시간도 있었다

오기로 버티며  
오직 한 길  
후회 없는 죽음을 위해  
목숨 걸고 지켜 것만  
무너져 버린 가엾은  
내 의지와 결단 앞에  
다시 힘을 모은다  

이제  
나는  
참자유를 안다  

그리고  
내가  
어떻게  
죽어가야 하는 것을 안다  

무장된 정신으로  
타협 없는 의로움을  
가슴에 새겨 넣고  
한 치의 흐트러짐도 없이  

그렇게  
나를  
비우고 누르며  
견디기를 배워 간다

# 바람과 백발

바람이 살갑다
부는 바람에 마음이
살랑거린다

바람소리 좋아
만져보고 싶은데

쉬-이익 형체 없이
바람은
내 머릿결을 스쳐
지나가고

머리카락 사이로
반짝이다 숨어버린
희끗한 백발이
바람에 들킬까
걱정되네

꽁 꽁
잘 숨어 있어라
바람 불어도
나풀대지 말고

그렇게
꽁꽁
숨어 있어라

# 무한함일까, 유한함일까

언제까지 시간은 흐를까
영원히 아니면 어느 순간일까

영겁의 무한함일까
종말의 유한함일까

넘쳐나는 죄의 어둠이
숨통을 막을 때쯤이면

또 한 번의
역사는 다시 시작을 하고

그리던
천국 문이 열려
영생복락을 안겨주며

영원히
쉬게 하겠지

# 먼 그대

그대 속에
내가 있었던가

사후에
구만 리 된들

도무지
알 수가 없네

무슨
한이 남으리오

떠나야 할 시간은
가까이 왔는데

말이 없는
그대 맘은
구만 리에 있네

살았을 때도
일체된 적 없었으니

# 죽음의 시간이 써 있다면

그렇듯

정해진 죽음의 시간이
내 몸에 써 있다면

착한 생각으로
열정적인 진한 사랑을 하고

선한 마음으로
화해와 용서를 하며

오랜 세월
모진 말로 비수를 던져

미움의 골이 패인
가슴을 메우고

함께 기뻐하며
넉넉해진 마음으로

더불어 행복하길
마다하지 않을 텐데

남겨 놓고 갈 것 하나 없는
우리 삶의 마지막에

소용없는
때늦은 후회는 없을 텐데

# 부탁하오

한때는
고대광실 넓은 집에 살며
호사도 누렸고

또 한땐
지붕 뚫려 하늘이 보이는
천막집에 사는
비참함도 겪었는데

인생의 희로애락을
두루 섭렵하고
나이 들어 칠십 줄에 들었으니

하시든
유효기간 끝나 만기된
내 몸은 좋아라

꿈길 속에 너울너울
춤추리니

여보게들
명줄 늘린다
내 몸에 단근질하지 마소

나 이대로
편히 가고 싶으오
부탁하오

# 영원한 이별

몸은 떠나갔다네
"나 가요." 하는 말조차
생략하고
그렇게
깜짝할 사이 갔다네

화들짝도 못하고
머리 따로 발 따로
동동대다
손 한번 못 써보고
그렇게
그냥 보냈다네

손자랑 할머니랑

언젠가는 해야 할

이별인데

영영

가슴에 넣어  둘 언어는

허공으로 흩어졌을까


이미

떠나갈 사람은

해탈의 경지를 느꼈나 보다

함께 마치며

**사랑**하는 손자 경문이가 방학을 맞아 어제 저녁 늦게 찾아왔다. 눈에 넣어도 안 아플 내 손자는 이제 너무 많이 커 버렸다. 우람한 체격에 건강미가 넘친다. 세월은 그동안 많은 것을 변화시키며 잘도 흘러왔다. 우리 손자는 고등학교 2학년, 이젠 청년의 모습으로 제법 어른스러워 보인다.

내 품에 안겨 잠들고, 내 손을 잡고 따라 걸었던 어린 손자는 저 멀리 내 가슴속에 추억의 사진으로만 남겨진 채 너무도 많이 달라졌다. 지금은 조잘대지도 않는다. 요구하는 것도 없다. 보채지도 않고, 나와 같이 자던 잠도 따로 잔다. 다만 조용히 침묵하며 공부를 하고 간간이 핸드폰에 시선을 둔다. 오래전 나와 함께 놀아 주던 철부지 손자는 이제 존재하지 않는다.

나 또한 허전한 속내를 감추고 태연한 척한다. 어느 해인가 밤새워 서로의 흉금을 터놓고 주고받던 마음이 통하던 감흥은 아마도 이젠 영원히 존재하지 않을 것이다. 이렇게 또 하나의 그리움을 지우며 나는 다만 손자가 다시 돌아가는 그 시간 동안 편하고 따뜻한 가족사랑을 담고 가기를 바라며 애쓸 뿐이다.

그리고 할머니를 위해 기꺼이 시집 출판에 동참해준 경문이에게 고마움의 마음을 담아 앞으로 오랫동안 그의 인생길에 도움이 되어 줄 참된 좋은 글을 많이 쓰기를 기도할 것이다.

유 영

중학교에 갓 입학했을 무렵, 언젠가 직접 쓴 책을 출판해보겠다는 목표를 가지게 되었다. 교복을 입기 전부터 이야기를 만들어내는 걸 좋아했던 나에게 이것은 필연과도 가까웠고 그 목표를 향한 설계는 시간이 지날수록 더욱 구체적으로 형태를 갖춰 갔다.

그러나 학업에 쫓기고 쫓기는 사이에, 뜻을 이뤄볼 시기는 자연스럽게 성인이 된 미래로 옮겨졌다. 오히려 다행이라고 생각했다. 미숙한 나이에 과연 나의 감정을 글 속에 흡수시킬 수 있을까. 독자들까지 감동시킬 수 있을까.

여러 의문들이 머리 한구석에서 실랑이를 벌이던 중, 뜻밖의 기회가 갑작스럽게 찾아왔다. 칠순을 맞이하신 할머니께서 함께 시집을 내보자고 해 주신 것이다. 처음에는 사양한다고 말씀드렸지만 내심 정말 재미있는 일이 될 것 같다고 생각했다. 그래서 결국 하겠다고 말씀드렸다. 그것이 작년 이맘때였는데, 어느새 이렇게 후기를 작성하고 있다.

독자 분들께 거듭 말씀드리지만 나의 손에서 탄생한 시들은 아직 많이 미숙하고 조잡한 작품들이다. 그래도 평범한 학생이 경험하고 느꼈던 세상을 조금이나마 보여드릴 수 있었다는 것이 기쁘다.

만약 또 이런 기회가 온다면 그때는 좀 더 성숙하고 진지한 이야기들을 해 보고 싶다.

이 책을 읽어주신 모든 분들에게 감사드린다.

조경문